Dites-moi
que Noël est annulé !

Isabelle DIENIS

Dites-moi que Noël est annulé !

Comédie de Noël

© Isabelle Diénis, 2024
Édition : BoD · Books on Demand GmbH, In de Tarpen 42,
22848 Norderstedt (Allemagne)
Impression : Libri Plureos GmbH, Friedensallee 273,
22763 Hamburg (Allemagne)
ISBN : 978-2-3224-7874-3
Dépôt légal : Octobre 2024

Je ne sais pas pour vous, mais, me concernant, je déteste Noël. Les décorations, le sapin, les guirlandes qui scintillent, le papa Noël accroché au balcon (si on a la chance d'en avoir un, de balcon), les cadeaux… c'est sympa. Je pourrais aussi ajouter les faux sucres d'orge, les faons, les peluches en tout genre (j'en suis fan), les ours illuminés, tout comme les rennes ou les bonshommes de neige. La liste n'est pas exhaustive. Mais, tout le reste ?

Chez nous il faut fêter Noël en famille et c'est bien là le problème ! Comme on a coutume de le dire, on ne choisit pas sa famille ; j'essaye de bien choisir mes amis.

Je me présente : Lilly (avec deux « l », pour m'envoler je ne sais où), pure Parisienne, trente-trois ans, célibataire et chômeuse. Je vais cette année encore me retrouver au milieu de mes parents, mariés depuis des lustres, de ma sœur et de mon frère, tous deux casés avec d'extraordinaires bambins. Je suis en fait le vilain petit canard ou le mouton noir, au choix. Je fais littéralement tache au sein de cette fratrie. Vous comprendrez pourquoi au fil de mon histoire.

Cette année, qui s'annonce encore pire que d'habitude, voici mon premier problème : je n'ai pas annoncé mon licenciement. Pour une raison que j'ai bien du mal à admettre puisque je déteste l'injustice et, dans mon cas, j'en suis la parfaite victime. On ne communique pas trop par téléphone et quand bien même, je n'aurais pas eu l'idée de glisser cette information de première importance entre deux discussions. Chez nous, on ne parle pas de ce qui fâche.

Un problème n'arrivant jamais seul (ça s'appelle « la loi des séries ») : j'avais prévenu mes parents au cours d'une réunion familiale que, cette année, je viendrai accompagnée. « Enfin ! » s'était exclamée ma mère. J'étais censée débarquer avec l'homme de ma vie, le seul, l'unique, l'inclassable, l'inespéré. Sauf que je me retrouve aujourd'hui célibataire et vous imaginez facilement le drame.

L'adage « Jamais deux sans trois » étant fait pour moi, je dois bénéficier d'un karma pourri ou avoir commis des horreurs dans une vie précédente. Peut-être ai-je offert une pomme empoisonnée à quelqu'un, ou que sais-je encore. Le troisième problème est le suivant : je dois trouver des cadeaux pour tout le monde.

C'est bien beau, cette histoire de père Noël, mais il ne va pas m'être d'une grande aide : à mon âge, je sais pertinemment qu'il n'existe pas. Donc qui va se coltiner la corvée ? La reine des cruches qui n'anticipe et ne retient rien ! Et pour couronner le tout, je ne me rappelle pas l'âge de mes neveux et nièces ! On se voit si peu, pas évident pour choisir quoi que ce soit.

Tout cela n'est vraiment pas gagné, surtout si j'ajoute qu'il ne me reste que… dix petits jours avant cette date formidable ! Enfin, pour certains.

Je pense que vu l'exposé de ma situation, vous êtes facilement en mesure de comprendre pourquoi je commence à m'affoler.

Heureusement que je peux compter sur ma meilleure amie, Clara, une très bonne conseillère dans tous les domaines et qui ne me laissera jamais (au grand jamais) tomber. Je l'espère vivement, particulièrement en ce moment.

Noël J-10

J'ai du mal à comprendre comment je me retrouve célibataire et sans emploi pile au moment où la plupart des femmes mènent de front carrière et enfant.

Imaginez un peu, j'ai l'âge du Christ au moment de sa mort ! Devrais-je envisager de quitter cette terre avant de fêter mon trente-quatrième anniversaire ? Pas crucifiée, je préfère éviter.

Clara, ma meilleure copine, n'arrête pas de me dire que je suis trop regardante par rapport aux hommes. Vu ses atouts, tout est beaucoup plus simple pour elle, sachant en plus qu'elle a la chance de ne pas s'attacher, alors que moi, je suis un véritable cœur d'artichaut.

Nous ne jouons absolument pas dans la même catégorie. Elle, c'est plutôt « poids plume » et moi « poids lourd », en exagérant légèrement.

Comment sommes-nous devenues aussi proches ? Longue histoire. Promis, je vous raconterai tout, une fois que cette fichue fête sera passée. Si j'en sors vivante, évidemment sinon vous ne saurez rien. Il est coutume de dire que les opposés se complètent, dans notre cas cela se confirme.

Je pense mériter un conjoint pas trop moche, sympa, qui ne ment pas ou qui ne me trompe pas au bout de quelques mois. Serait-ce trop demander dans une relation ? Non, je ne crois pas.

Pour les hommes que je rencontre, si, visiblement. L'amour ne doit pas être fait pour moi car je suis abonnée aux spécimens à fuir et là je suis en mode *soft*, je tiens à le préciser.

Je ne vais pas vous faire la liste de tous mes déboires (n'allez pas croire que je collectionne les mecs, hein, par contre les désillusions, si). Je dois être une poissarde-née puisque mes histoires d'amour commencent et finissent mal, en général.

Le problème, c'est que pour ma dernière en date, j'y croyais, j'y croyais vraiment. Alors aux dernières Pâques, j'ai eu la bonne idée d'annoncer à mes parents que l'heureux élu m'accompagnerait pour les fêtes.

Ce n'était pas une simple amourette, comme les autres. Exit les tordus, les pervers, les torturés, ceux qui recherchent une deuxième maman. J'avais enfin trouvé le bon, j'étais même prête à publier les bans de mariage et… patatras ! J'ai malencontreusement appris qu'il était déjà marié et que sa femme se trouvait enceinte de sept mois.

Ce fut la double peine. M'étais-je fait des films ? Même pas car, après notre rupture, cet imposteur s'est permis de contester ma vision des choses. Selon lui, j'aurais pu lui poser la question. Comment ? Genre, je suis avec un mec, il me drague, me fait comprendre qu'il a envie de moi, que je suis belle et moi j'aurais dû de suite lui rétorquer : « T'es marié ? » Non mais, quel tordu ! Fallait que ça tombe sur moi, bien sûr ! Il a juste voulu s'offrir du bon temps durant la grossesse de Madame.

Désormais, on ne m'y reprendra plus : je privilégie ma petite technique en regardant d'office s'il y a le moindre signe d'une alliance qui aurait été enlevée avant tout rendez-vous. Cela me semble particulièrement vicieux de draguer une nana en enlevant cette p… de bague à l'annulaire, non ?

D'autant plus qu'il avait des disponibilités certains soirs et week-ends, bien pratique d'avoir un boulot où il est possible de voyager régulièrement.

Horreur, malheur, mon bel étalon s'est évaporé juste avant les fêtes. Mais après que j'ai obtenu un crédit pour lui payer une magnifique bague de fiançailles… Quelle cruche je fais, décidemment.

Comme le dirait mon amie : « Je suis allée plus vite que la musique ». Pourtant je trouvais ça sympa de casser les codes. Pourquoi une femme ne pourrait-elle pas faire la demande ? Que vais-je désormais faire de ce maudit bijou ? J'en ai pleuré durant des semaines, la société *Kleenex* devrait m'offrir des actions !

Et j'avoue avoir une autre manie : je veux me sentir raccord avec le signe zodiacal de tout prétendant. Désolée, les Gémeaux, je les élimine de suite ! J'ai donné, je ne peux plus. Un coup, c'est blanc, un coup, c'est noir, un jour il t'adore, un jour il te déteste… exténuant ! D'autant plus que tous ceux qui ont croisé ma route, non contents d'être des Gémeaux typiques, se sont en plus montrés experts en méchanceté.

Mon petit cœur fragile n'est plus en mesure de vivre de telles montagnes russes. Je ne sais d'ailleurs pas comment ils font pour se montrer aussi cruels. C'est inné ou c'est acquis, chez eux ? Sans prendre en compte l'ascendant qu'ils avaient sûrement en commun. Je ne dirai rien, mais je pencherais sérieusement pour Capricorne, ceux qui ont toujours raison, même quand on leur démontre qu'ils ont tort.

Je sais pertinemment que je ne vais pas me faire que des amis avec ces mots. Mais amusez-vous à regarder la date de naissance des personnes qui vous entourent, et vous verrez si je n'ai pas mille fois raison !

Je ne vais pas flirter avec quelqu'un pour me prendre la tête, ça cogite déjà assez fort, on dirait que j'ai un hamster en continu qui tourne dans mon cerveau (cette bestiole m'épuise d'ailleurs, si vous avez une idée pour l'arrêter, je suis preneuse).

Quant à mon job, vous savez pourquoi on m'a virée ? Parce que je n'ai pas voulu coucher avec mon boss ! Non, vous ne rêvez pas ! Si ce n'est pas un comble, franchement. Je comprends mieux le turn-over au niveau des assistantes… En plus, moi, je ne rêvais pas du tout de ce métier. Je voulais être ma propre cheffe et travailler dans le commerce. J'aurais pu aller aux prudhommes, bien sûr, sauf que c'était sa parole contre la mienne et que ça pouvait s'éterniser. Ou il m'aurait fallu retrouver toutes ces femmes qui m'ont précédée. Mais, à dix jours de Noël, je n'ai aucune envie de perdre mon énergie. De plus je vais peut-être enfin pouvoir effectuer une reconversion professionnelle en exerçant un métier qui me plaise véritablement.

Pour le moment je ne peux pas me permettre de toucher aux maigres économies déposées sur mon assurance-vie (sans compter le délai pour les débloquer). Résultat : il faut que je fasse attention pour les cadeaux. Comme on a coutume de le dire, c'est le geste qui compte, non ?

Vous concevrez donc facilement que je sois terriblement stressée par les fêtes de Noël qui se déroulent, comme toujours, avec mon père, ma mère, mon frère, ma sœur, les pièces rapportées et mes neveux et nièces.

Mis à part me casser une jambe et me retrouver à l'hôpital, difficile, encore cette année, d'échapper à cette corvée.

Un jour, sûrement… On a toujours le droit de rêver. Au moins, c'est gratuit.

Tout de suite, là, si l'on me demande ce que je veux, je réponds direct : disparaître. Ou bien reste l'ultime option : prendre un bain chaud, allumer des bougies et boire une coupette de champagne. Sauf que je n'ai pas de baignoire (vu les tarifs sur Paris, bonjour le prix du mètre carré). Une douche, c'est déjà pas si mal et rien que pour moi, pas sur le palier comme au temps jadis. Quant au champagne, vu son prix et l'état de mon compte en banque, il vaudrait mieux acheter une bouteille de mousseux. Me connaissant ce n'est pas la coupe que je boirais, d'ailleurs. J'en conclus que mon idée est mauvaise. Lorsque j'aurai retrouvé un emploi, je m'en paierai des caisses, du bon, rien que pour bibi !

Serait-il possible de s'endormir et de se réveiller l'année prochaine ou dans des années comme la Belle au bois dormant ? Ma situation aura-t-elle changé d'ici-là ? On peut toujours l'espérer. Oui, j'imagine que ce serait la meilleure des solutions. Sauf que je n'aime pas décevoir mes proches. Je suis trop bonne, quoi, pour rester polie.

Pourquoi cette tradition familiale d'ailleurs ? On pourrait très bien :

- Ne pas fêter Noël (pas simple à enlever du calendrier),

- Partir en voyage au bout du monde (si j'avais de l'argent),

- Prendre un somnifère et dormir tout son soûl (ces comprimés ne s'obtiennent que sur prescription médicale, zut !),

- Aller en discothèque avec des potes (j'ignore si ces endroits existent encore de nos jours puisque, pour ma part, je n'y ai pas mis les pieds depuis des lustres),

- Lire une bonne comédie de Noël au coin du feu (je n'ai pas de cheminée),

- Ne rien faire et pleurer (un peu triste),

- S'offrir son propre cadeau (au moins pas de déception et de petites merdouilles à refourguer sur Leboncoin ou tout autre site similaire),

- Faire la fête avec son meilleur pote (sauf que lui est pris : il a un copain).

Malgré ma motivation 2.0 pour échapper à cette épreuve, je ne vois aucune issue possible.

Finalement, n'importe quelle idée de cette liste me tenterait davantage que la journée qui s'annonce. Mais (à part la jambe cassée), aucune ne permettrait à ma famille de comprendre pourquoi je les fuis. Et je déteste blesser mes proches, malgré tout ce qu'ils ont pu me faire subir dès mon enfance.

Noël J-9

Histoire de ne pas me sentir trop seule au milieu de ma famille géniale (oui, je me moque, j'avoue), Clara m'avait vivement encouragée à venir accompagnée pour ce traditionnel Noël familial. Oui, à l'époque c'était faisable, je roucoulais avec un magnifique Apollon. Le fameux connard marié ! Aujourd'hui, je n'ai plus rien en stock.

Clara a eu un éclair de génie… je ne saurais comment qualifier cela (son idée de folie, pas ma copine, quoique…). Vous ne devinerez jamais : se payer un Escort ! Je ne savais d'ailleurs même pas que ça existait. Quel concept que voilà, merci Clara !

Je le trouve où et je le paye comment ?

Il me semble qu'à cette période de l'année les prix doivent flamber, si c'est comme pour les cadeaux des enfants. Il faut sans doute s'y prendre à l'avance ! Beaucoup de personnes anticipent leurs « achats » dès le mois de septembre, voire plus tôt.

Mais Clara ne se décourage pas pour si peu : elle a déjà trouvé un site et cherche la pièce rare pour moi. C'est sérieux au moins cette application ? Elle a créé mon profil, mis des photos, saisis mes centres d'intérêt. Je ne voudrais pas me faire trucider par un taré, manquerait plus que ça ! Quoique, cela réglerait tous mes problèmes, en fait.

Mes parents ont convolé en justes noces il y a quarante ans. Qua-rante ans ! Oh là là, ce sont les noces de quoi ? D'émeraude visiblement, pierre de la sagesse. Dois-je y voir un signe me concernant ? Je fais effectivement pitié à côté d'eux en n'arrivant pas à rester en couple plus de quelques mois. Je vais finir seule avec un chat.

Qu'est-ce qui ne va pas chez moi ? Blonde aux yeux bleus, taille et morphologie dans la moyenne, franchement, je ne vois pas.

Ma sœur aînée (belle, grande et intelligente comme ne cessent de le répéter mes parents) a trente-six ans, est mariée depuis un siècle (c'est mon ressenti) avec trois enfants, une superbe maison, un mari qui bosse comme un dingue et elle est… femme au foyer. Après de longues études de droit pour devenir avocate. *No comment.* Sa situation ne me fait pas du tout rêver, style famille de carte postale. Moi, je suppute qu'elle est cocue. Non, ne vous méprenez pas, je ne suis pas jalouse ; je fais juste un constat.

Elle appelle ses enfants « Mes amours », est pour l'éducation positive, permissive, à fond pour la méthode *Montessori*. Moi, ça me dépasse. Elle ne crie pas, elle explique gentiment. À sa place, je me mettrais à hurler pour que ça rentre dans l'ordre. En aucun cas je ne laisserai mes propres enfants me mener en bateau comme elle le fait.

Il est souvent plus simple de voir ce qui se passe chez les autres que chez soi. Quand ton mari te trompe tu es, en général, la dernière à être au courant. Elle est peut-être sous anxiolytiques pour se montrer si zen, allez savoir !

Quel âge ont mes neveux et nièces ? Aucune idée. Les enfants et ma pomme, ce n'est pas la grande attirance. Que ça m'agace de les entendre hurler dans la rue ou les transports, se rouler par terre au supermarché pour obtenir des bonbons ou un cadeau, voire tirer la langue à des inconnus ! Ils ne semblent plus avoir aucune éducation de nos jours.

Je commence de savants calculs pour tenter de retrouver en quelle année ils seraient nés et…

toujours rien en vue. Néant total, noir c'est noir, il n'y a plus d'espoir.

Mon petit frère de trente ans s'est marié au bout de six mois de vie commune. L'amour fou, le coup de foudre ? Je ne voudrais pas paraître médisante, loin de là, sauf que Madame s'est retrouvée enceinte plus vite que prévu. On va rester sur la version officielle de la *love story*, au moins ça permet de rêver. Au quotidien je ne voudrais pas me retrouver à sa place.

En bref, je suis la ratée de service sauf que (maigre satisfaction) je ne suis pas en couple juste pour ne pas vivre seule, il faut voir le côté positif des choses. On connaît le dicton « Mieux vaut être seule que mal accompagnée ». Il est pour moi, je coche toutes les cases.

Certes, je n'ai pas grand-chose d'autre à faire. Sauf que se renseigner sur les classes de tous ces bambins, j'aurais trop honte. En plus s'ils ont redoublé (ce dont je doute fort) ou sauté une classe (plus probable), cela pourrait fausser tous mes calculs. D'ailleurs, certains ne sont sûrement pas encore en âge d'aller à l'école, j'en sais quoi de leur vie, moi, pauvre célibataire que je suis ?

Je pourrais tenter de passer des coups de fils, mais, de toute façon, tout le monde est surbooké, personne n'a le temps de papoter durant des heures et puis je n'ai pas envie que l'on me demande pourquoi je suis disponible en journée, ça semblerait carrément louche. De surcroît se retrouver sans emploi équivaut à la peste jadis, tout le monde en a peur, pourtant ce n'est pas contagieux. Le pire c'est que ce n'est pas du tout de ma faute. Ou alors j'appelle à l'heure du dîner, la conversation sera vite écourtée de cette façon.

Comme je vous le disais au début, vu sous cet angle, on a l'impression que je suis une fille odieuse et ratée. Ce n'est pas le cas. Tout se joue avant six ans, dit-on. Ma famille m'a foiré ma vie, je ne vois que ça. Je suis l'enfant du milieu, celui appelé « l'enfant-sandwich ». Mais parents m'ont délaissée à la naissance de mon frère, ce fut violent pour moi car j'ai eu très peu de câlins et ma mère avait toujours tendance à me rabaisser avec des mots souvent durs en me comparant à ma sœur, splendide, longiligne ; mon frère très intelligent et j'en passe. J'ai pourtant bien essayé de redresser la barre en grandissant ; c'était trop tard. Ma génitrice ne m'aime définitivement pas, elle a toujours fait énormément de différences entre ses enfants, je ne trouve pas ça normal. Et mon père n'a rien entrepris de son côté pour améliorer cette situation.

Oui, je sais, on peut toujours agir après. Sauf que le prix d'une séance chez le psy c'est abusé, ça coûte un bras ; je préfère de loin m'éclater en faisant du shopping. Parce que se retrouver devant une personne qui ne décroche pas un mot, je ne peux tout simplement pas. J'ai trop besoin d'échanger. Et raconter ma triste vie à quelqu'un qui marmonne « hum, hum », quel est l'intérêt ?

J'ai bien tenté pourtant et à plusieurs reprises puisque, selon moi, il faut un feeling entre le patient et le médecin ; ça ne vient pas comme ça, c'est normal puisque nous sommes des humains.

En premier lieu je suis tombée sur une femme qui n'était pas de toute première jeunesse, ce qui pouvait augurer d'une longue expérience au niveau de sa carrière professionnelle ; mais elle s'est montrée mal aimable, voire aigrie. Bref, peu engageante cette prise de contact. J'ai pris sur moi, je me suis assise et elle m'a demandé ce qui m'amenait à elle.

Une vie compliquée, le syndrome de l'enfant du milieu, tout ça… Vu qu'aucun dialogue ne s'instaurait je me suis tue et j'ai regardé les mouches voler. Le silence s'est installé. Comme il n'y avait aucun insecte, je me suis ennuyée à mourir.

Ensuite elle a regardé sa montre et m'a annoncé que la séance se finissait sur-le-champ. Quelle frustration ! Selon moi, elle n'avait même pas débuté !

Elle m'a réclamé quatre-vingt euros en liquide ou par chèque et m'a programmé un rendez-vous quinze jours plus tard. Quelle idée de ne pas prendre la carte bleue ? Tout le monde paye de cette façon désormais. Ou c'est pour bien se rendre compte de ce que l'on débourse ? Il me semble que cette théorie était utilisée dans les temps anciens par certains psychologues. Quoi qu'il arrive, ce que je dépense et quel qu'en soit le moyen, le solde de mon compte en banque sera toujours proche du découvert. Et je ne sais pas pourquoi j'ai accepté le deuxième rendez-vous. Tout compte fait, si, je le sais, je suis incapable de dire « non ». Il faudrait certainement que je travaille là-dessus un jour parce que je me laisse trop souvent « bouffer ».

Quinze jours plus tard, rebelotte « Qu'est-ce qui vous amène ? ». Je regardais autour de moi pour voir si un perroquet n'était pas caché quelque part ou alors si j'avais le droit à une caméra cachée qui serait bientôt diffusée sur TF1 ou M6 ?

Je ressentais l'envie de lui dire de relire ses notes. En avait-elle pris d'ailleurs ? Aucune idée. Comme je suis plutôt bien éduquée, j'ai répété la même chose que la fois précédente, comme une petite fille bien sage.

Je sentais bien que nous ne ferions pas un très long chemin ensemble, ayant la nette impression de jeter mon argent par la fenêtre. Il fallait se rendre à l'évidence, nous n'étions pas compatibles.

J'ai définitivement cherché un autre thérapeute et, là, approche différente. Déjà, la personne était beaucoup plus agréable. Elle me répondait, donc la séance passait plus vite. Ce qui me plaisait moins, en revanche, c'est qu'elle me répétait sans cesse « Vous avez une vie compliquée ».

Pas la peine de faire de grandes études de psychologie pour en arriver à cette conclusion, déjà obtenue par moi *gratuitement*. Deux séances plus tard, j'arrêtais toutes ces fadaises qui ne rimaient à rien. Je suis allée faire du shopping et mon moral est remonté en flèche. Au moins je pouvais matérialiser ce que je dépensais : du concret !

On m'avait parlé de l'hypnose qui pouvait être une approche intéressante, mais j'ai opté pour une pause bien méritée pour l'instant. Je verrai plus tard, ou pas, ayant bien d'autres chats à fouetter actuellement.

Noël J-8

Toujours pas d'idées de cadeaux en vue, c'est tout bonnement la catastrophe, notamment pour une passionnée de shopping.

Lorsque l'on a de l'argent, tout se révèle beaucoup plus facile. Dans mon cas, c'est un peu compliqué parce que, je le confesse, je suis une fan inconditionnelle des marques. Ça coûte un bras, voire deux parfois. Ah, la société de consommation, tout moi ! On n'a qu'une vie, il faut bien se faire plaisir aussi et compenser le manque d'amour. Tout peut s'arrêter du jour au lendemain en plus, j'en prends véritablement conscience depuis quelques semaines.

Le souci, c'est que mes parents n'ont absolument besoin de rien. Je me casse la tête et cherche. Boîte de chocolats et bouquet de fleurs ? Pas très original. Un séjour en thalasso (moi, perso, j'adorerais). Ce doit être le top de se faire chouchouter par un bon masseur, de faire des bains de boue (pas certaine, en fait), de profiter à fond du jacuzzi (enfin, vu la taille, faut souvent patienter pour obtenir une place), de la piscine d'eau de mer à trente-cinq degrés (bien plus agréable), des séances d'aquabike (je m'éclate)… pas le budget malheureusement. Beaucoup d'eau, dans ce programme, pourtant, moi, je sèche : toutes ces activités sont clairement hors de mon budget.

Clara m'a gentiment soufflé dans l'oreillette « un coffret cadeau ». Pas du tout du goût de mes parents. Ils ne voient que par leur résidence principale et leur résidence secondaire. Ils ne cessent de répéter qu'ils sont bien mieux chez eux qu'à l'hôtel. Effectivement, ils détestent dormir dans un lit où d'autres personnes sont passées avant eux. Quand on y réfléchit il faut reconnaître que ce n'est pas terrible au niveau hygiène. Que s'est-il passé dans tous ces lits ? Beurk, beurk, beurk, je n'ose même pas l'imaginer.

Ma grande sœur adore cuisiner. Hum hum, pas super glamour un ustensile de cuisine. Ou bien j'offre des coffrets originaux pour tout le monde ? S'ils partent en week-end ou se font un restaurant, qui gardera les enfants dans ce cas ? Pas moi, je déteste les mômes, surtout ceux des autres.

Il est vrai que je n'en ai pas encore sauf que j'ai déjà choisi les prénoms. Je suis certaine que Victoire et Baptiste seront formidables, de vrais petits anges puisque ce seront les miens. Je trouve ces prénoms trop classes, j'avoue, j'ai longtemps cherché dans le fameux guide des prénoms sur plusieurs années. Reste juste à trouver le papa et, là, c'est beaucoup plus compliqué.

Mon frère a un bébé de quelques mois, il me semble. Est-ce qu'il marche déjà ? Fille ou garçon ? Aucune idée. Il faut dire, à ma décharge, que l'on vit assez éloignés les uns des autres.

J'essaye de me remémorer Noël dernier : un enfant dormait, deux autres se chamaillaient constamment et le quatrième devait jouer à la poupée.

Clara me stoppe en pleine réflexion avec son appel en visio. Heureusement que c'est elle et qu'elle connaît bien mes tenues-maison sinon je ne mettrais pas la caméra.

Elle m'annonce vouloir prendre un verre, et moi je suis en pyjama licorne. Probablement qu'avec un peu d'alcool mon cerveau va décanter (Je ne sais pas si ça se dit pour le cerveau, mais comparer ma cervelle à une bouteille de grand-vin me plaît bien !).

Je file prendre une douche et décide de m'habiller avec le premier vêtement qui me tombe sous la main. Quoi que, je change vite d'avis quand ladite main tombe sur un maillot de bain. Je ne vais pas à la piscine municipale pourtant. En plein hiver, que fait-il dans mon armoire ? J'ai dû m'emballer en évoquant un séjour en thalasso. Bon, je vais plutôt enfiler un jean.

Je ne suis pas pratiquante bien que ma mère m'ait imposé des cours de catéchisme à n'en plus finir. Mais je vais prier quand-même, je n'ai plus rien à perdre au point où j'en suis. Quand je pense qu'elle va à la messe tous les dimanches ! C'est juste pour se donner bonne conscience ou montrer aux autres qu'elle est une femme avec un grand cœur ?

Clara s'est d'ailleurs moquée de moi en me disant de réciter un « Notre Dame ». En fait, elle a confondu car elle ne connaît que la comédie musicale. Laissez-moi vous raconter ce qui nous est arrivé lorsque nous avons assisté à la première de ce spectacle au Palais des Congrès (oui, elle a toujours des bons plans à force de coucher à droite ou à gauche, du coup on peut faire plein de sorties gratos et parfois rencontrer des gens célèbres).

Juste avant le spectacle, nous avions décidé de nous faire un restaurant. Déjà, personne ne nous apportait la carte, seule une ardoise traînait, indiquant les plats du jour. Pressées par le temps nous avons commandé la viande avec son risotto. Dix minutes plus tard, le serveur est venu nous voir en nous disant qu'il n'en restait plus. Moi je stressais en voyant le temps passer, il ne pouvait pas le dire plus tôt ?

Le patron est venu s'excuser en nous apportant finalement la carte. On a pris deux tartares de bœuf, c'est froid, ce serait logique que ça aille plus vite. Tout compte fait, pour une raison mystérieuse, cela a été aussi long que pour un plat cuit. Flûte, j'aurais dû choisir autre chose. En plus il avait un drôle de goût, je sens que mon estomac fragile ne va pas supporter. D'autant plus que mon niveau de stress était à son apogée, phénomène incontrôlable lorsque j'ai peur d'arriver en retard quelque part. On a mangé, pas le temps de prendre de dessert, Clara a sorti sa carte bleue. Clara commençait à s'énerver quand le responsable de la brasserie a déboulé avec deux mini-desserts par personne pour pallier ce service catastrophique. Trop mignon.

Nous sommes arrivées à l'heure au spectacle, avons pu acheter quelques bricoles (dont tee-shirt, tote-bag et stylo) et nous installer. Les lumières se sont éteintes. Tandis que les premières notes de *Le temps des cathédrales* retentissaient, je ressentais des frissons. Notre voisin, non accompagné, a commencé à chanter à tue-tête. D'une même voix, la salle entière a lancé un : « Ta gueule ! » sonore. Nan mais on est là pour assister à une comédie musicale, pas à un concert, franchement. Je n'en menais pas large parce qu'avec Clara, on se préparait à faire de même et, en croisant nos regards, nous avons eu un fou rire mémorable ; enfin pas du goût de nos voisins.

Tout ça pour vous dire que Clara s'est mélangé les pinceaux entre « Notre Dame » et « Notre Père ». Je ne fréquente plus trop souvent les églises, mais je connais encore mes classiques.

Et ce soir avec Clara, je pourrais aussi rencontrer l'homme de ma vie, qui sait ? Ce n'est pas en restant chez moi que je vais le trouver de toute façon. Je crois vraiment que pour ce Noël, on ne va pas se mentir ça semble mort de chez mort.

On va checker les photos des Escort. J'adore ma copine, toujours prête à me remonter le moral. Je n'en trouverai pas deux comme elle, c'est sûr.

Cela va nous détendre puisqu'à huit jours de Noël, j'avoue que ma situation est plus que, comment dirais-je… catastrophique ? Je ne vous le fais pas dire. Après tout, il faut relativiser, il y a toujours pire dans la vie, comme se retrouver sans domicile fixe par exemple. Sans doute ma prochaine étape en y pensant, si les choses ne s'arrangent pas d'ici quelque temps côté emploi.

Au secours, ça va me plomber encore plus le moral et je n'ai pas besoin de cela en ce moment.

Allez, j'arrête de penser à des choses négatives car le négatif attire le négatif. Donc je po-si-ti-ve ; plus facile à dire qu'à accomplir. Je ferais peut-être mieux de fumer un pétard pour me détendre ! Enfin, avec moi, même pas sûr que ça me réussisse.

Noël J-7

On a passé la soirée sur les Escort. Enfin, façon de parler bien sûr. On faisait plutôt défiler leurs photos. Impressionnant le nombre de personnes qui proposent leurs services. J'en suis restée baba. Ils n'ont que ça à faire ?

Cela m'a interpellée : si je me lançais dans ce job après tout ? Oui, bon, pas l'idéal pour fonder une famille, mais, en ce moment c'est carrément la traversée du désert alors, pourquoi pas ?

Est-ce un métier ou un « à-côté » ? Il faudrait que je me renseigne car ça a l'air de bien payer. Par contre je ne sais pas jusqu'où peut aller la prestation. *That is the question.*

Nous avons envoyé plusieurs messages pour voir si le feeling passait. Au regard du *timing*, il faudra prévoir un rendez-vous en amont pour une séance de *briefing* sur ma famille.

Le beau gosse devra être doté d'une bonne mémoire étant donné que j'ai déjà du mal à m'y retrouver, moi-même.

On commence par un dénommé Chris. Au fait, ce sont de vrais prénoms ou des pseudonymes ? Certainement la deuxième option, surtout s'ils sont fonctionnaires, aux impôts par exemple. J'imagine le malaise si l'on découvre ce qu'ils font réellement dans la vie et ça me fait trop rire.

Pour le moment j'ai le choix entre ce beau blond aux yeux bleus, 1m85, à tomber ou un Anthony, brun aux yeux noisette, 1m80.

J'hésite, j'hésite. Je pourrais envisager de procéder à des pré-sélections style un casting. Voilà, je suis vraiment trop forte : je vais fixer des rendez-vous d'embauche, tiens ! Bon, je n'ai pas beaucoup de temps. Voyons le bon côté des choses. Je pourrais ajouter cela à mon CV : directrice de casting. La classe, non ? Rien que d'y penser cela me met en joie.

Ensuite, on se penche sur les cadeaux. Soit j'en prends qui vont de sept à quatre-vingt-dix-sept ans même si certains sont plus jeunes, soit je pars sur des cartes-cadeaux ou alors je me lance dans des présents faits maison.

Mauvaise idée vu le temps imparti, en plus je ne suis pas manuelle du tout et mon niveau en DIY (*Do It Yourself* que je traduirais par « fais-le avec tes petites mimines ») est proche de zéro. En résumé, j'ai deux mains gauches. Certains risqueraient de se retrouver avec une serpillière comme dans *Le Père Noël est une ordure* que j'ai regardé une trentaine de fois. Je ne m'en lasse pas.

Reste l'option de fuir sous le prétexte de faire du bénévolat et de s'occuper des personnes qui n'ont rien pour cette période. Mais mes parents ne comprendraient pas. C'est une fête familiale et, en trente-trois ans, je n'en ai manqué aucune. Ce serait le moment de déroger à la règle. Non, je ne peux pas, sinon je vais en entendre parler toute ma vie. Et je ne supporte pas les reproches, c'est trop horrible, je veux toujours faire plaisir à tout le monde.

Note pour ma *to do list* : réfléchir sur la culpabilité. Quand j'aurai retrouvé un boulot, je m'offrirai les services d'un coach pour travailler sur moi et prendre du recul par rapport au jugement des autres. Il paraît que certains font des miracles, que l'on peut être accompagnée sur plusieurs mois en distanciel, bien pratique. Je me renseignerai l'année prochaine.

Je suis moi, Lilly, avec deux « l » (et j'y tiens), je suis bien dans ma peau, tout va bien dans le meilleur des mondes. La vache, on dirait un mantra ou les injonctions d'une secte, je ne sais pas trop, ça me fait soudain flipper (« Tout va bien, je vais bien »). Et si je tombais sur un gourou ? Avec ma poisse légendaire…

J'ai une bien meilleure idée qui me traverse l'esprit : et si je m'achetais un carnet afin de tout noter dedans, genre mes *to do lists* au lieu d'avoir des petits papiers autocollants qui s'accumulent et finissent indéniablement par s'évaporer. Ou alors je note tout sur mes mains, pas la classe à Dallas, j'en conviens. Paraît que ça allège la charge mentale. Oh oui, je suis complétement excitée maintenant ! Demain, à la première heure (enfin quand je serai prête, il ne faut pas exagérer quand même, c'est un des avantages de se retrouver sans patron), je vais m'offrir mon cadeau de Noël : un cahier magique genre un compagnon de vie, un doudou. J'adore ça, moi, les doudous, que ce soient les peluches ou tout accessoire servant au bien-être de ma petite personne. Inutile de se moquer ou d'aller chercher des choses que je n'ai pas mentionnées, attention !

Et écrire est bon pour vider le cerveau, n'est-ce pas ? On couche sur le papier tout ce qui nous tracasse, puis cela s'envole. Ou devrait s'envoler. Pas certaine de l'efficacité de cette théorie pourtant particulièrement pratiquée en développement personnel.

Il faut que je vous confesse que j'ai énormément de peluches chez moi. Si on analyse la situation, ce serait parce que je ne veux pas grandir. Je dis que non, je m'assure juste d'avoir toujours un ours ou un lapin pour me faire un câlin, gratos et pas chiant. Quand j'en ai marre, je le repose avec ses copains. Bien moins pénible qu'un mec et ça a aussi le mérite de réchauffer. J'ai toujours les pieds gelés comme beaucoup de personnes de la gent féminine.

Noël J-6

Toute la nuit j'ai rêvé de Chris et d'Anthony, j'étais bien dans leurs bras et, oh, surprise, j'ai reçu des messages de la part de ces deux beaux-gosses.

L'un me propose de faire connaissance à l'heure du déjeuner et l'autre au dîner. Ma journée va être chargée.

Je mets la musique à fond les ballons et vais prendre ma douche en chantant, brosse à la main pour remplacer le micro. Ma journée commence bien, je suis trop contente. « Cargo de nuit, plus que six jours pour voir Noël et mes parents, l'enfer va commencer !!! ».

Comment je m'habille ? Je vais appeler Clara ou je décide seule ? Inutile de me mettre sur mon trente et un, nous ne sommes pas encore le jour de

Noël. Je ne sortirai ma plus belle tenue que pour le jour de l'An, quand je serai avec ma copine et des potes à elle.

La radio braille « No stress, y a point S ». J'en peux plus de cette publicité. N'ayant pas de voiture, je m'en fiche un peu, voire beaucoup en fait. Mes parents avaient pourtant insisté pour que je passe le permis, ils étaient prêts à me le payer. Ils n'arrêtaient pas de m'en parler, j'ai cédé puis lâché l'affaire en cours de route à cause du moniteur qui s'est montré odieux avec moi. Si, si, il m'a accusé de vouloir nous tuer ! Pas fin psychologue, lui.

Il faut que je passe à la papeterie de mon quartier choisir mon précieux. J'enfile un jean une chemise blanche, des baskets, mets un caban bleu marine, une jolie écharpe et je file.

Le libraire me demande ce que je recherche. Un carnet. Comment ? Uni, à points ou dots (c'est la même chose), ligné ? Quel grammage ? Quelle taille (a4, a5, b6… on joue à la bataille navale ou quoi) ? Il commence à me sortir les Moleskine, Rhodia, Leuchhturm. Franchement, moi qui aime les marques, je suis servie. Je ne pensais pas que ce serait si compliqué.

Je veux simplement un joli petit objet pour écrire mes envies. Il me laisse déambuler dans la boutique et mon regard se porte sur un livre qui m'interpelle : *L'art d'aller vraiment mieux en dix leçons.* Oh, mais je le veux celui-ci ! Peut-on aller mieux en lisant un livre de deux cents pages ?

Serait-ce une arnaque ? Je le feuillette, il y a des dessins à l'intérieur, je le trouve beau. Tiens, il n'aurait pas des bouquins pour toute ma famille dans sa caverne d'Ali Baba ? Je pourrais acheter un livre pour chaque personne. Je la tiens LA super idée !

Trop contente de moi, je repars vers le libraire en lui demandant s'il n'existerait pas ce genre de livres pour enfants et parents. Il a l'air surpris de ma demande.

Au passage mes yeux se posent sur un magnifique carnet, un Paperblanks. Il est tellement beau que je ne sais pas si j'oserai écrire dedans un jour. Derrière moi j'entends « Très bon choix ». Le vendeur étant face à moi, qui me parle ?

Je me retourne en faisant tomber une pile de livres, bravo Lilly-la-catastrophe, zut, zut, zut. J'espère qu'ils ne se sont pas abîmés en tombant, manquerait plus qu'on me les fasse payer, ce serait bien ma veine en ce moment.

Deux yeux bleu turquoise me transpercent, oh purée, qui c'est ce mec ultra canon ? Il me tend la main en se présentant comme étant le gérant de la librairie. Je me mets soudain à trembler, j'ai l'impression d'être une gamine en train de tomber raide dingue amoureuse. J'essaye de me calmer en respirant doucement, je ne dois pas tomber dans les pommes.

Il s'appelle James et me propose d'emballer (pas moi, malheureusement) mon précieux dans un superbe papier cadeau. J'accepte volontiers, jette un œil furtif à ma montre et lui dis que je reviendrai demain pour prendre d'autres petites bricoles car j'ai pas mal de rendez-vous aujourd'hui. Genre je suis le genre de nana overbookée : licenciée, ça fait mauvais genre.

Une fois arrivée à la maison, je déballe mon cadeau (effectivement, je n'ai jamais aimé attendre, en plus j'en ai besoin pour noter tout ce qu'il m'arrive) et, oh surprise, je trouve un deuxième emballage. C'est le livre que j'avais hésité à acheter avec un marque-page sur lequel est noté un numéro de téléphone. Visiblement ce serait celui du père Noël avec un petit mot « Disponible à toute heure ». Trop mignon, ça existerait encore les gentlemen de nos jours ? J'ai bien du mal à y croire, mais Noël approche, il semblerait que tout soit permis, non ?

Pas le temps d'appeler Clara pour lui raconter mes aventures livresques, je dois rejoindre Chris dans une brasserie parisienne et je suis en mode ultra stressée à l'idée de ne pas lui plaire (ma copine me dirait « Tu payes ne t'inquiète pas et tu es jolie alors stop, arrête de ruminer ! ». J'espère qu'il n'y aura pas trop de monde ni de musique un peu forte parce que pour un entretien, j'ai besoin d'entendre ce qu'il dit sans me mettre à hurler. Pas envie que tout le monde se retourne sur nous.

Zen, zen, zen, Lilly, pense au téléphone du Père Noël noté sur le marque-page. Et là, d'un coup, ça va beaucoup mieux.

Pour l'endroit, c'est Chris qui a fait le choix. Plutôt classe, beaucoup d'hommes d'affaires. Peut-être que j'aurais dû enfiler une petite robe ? Trop tard. Va falloir que je me concentre sauf que je pense à mon père Noël : James, un ange tombé du ciel.

Mon Escort me déballe son *curriculum vitae*, relativement impressionnant, jusqu'au moment où il me parle de ce qui fâche : ses tarifs. Effectivement il ferait l'affaire, même si je trouve que sa prestation n'est pas donnée. Combien va-t-il me rester pour acheter les cadeaux ?

Nous passons un bon moment, la cuisine est raffinée, je suis séduite, mon compte en banque beaucoup moins. D'autant qu'en tant qu'employeuse potentielle, cette charmante brasserie m'a déjà coûté la peau des fesses.

Je ne prends aucune décision avant de rencontrer le second. Je pourrais éventuellement négocier les tarifs, qui sait ?

Je file chez moi, besoin d'une deuxième douche, non qu'il fasse chaud, j'ai simplement l'impression de me prendre pour une cocotte-minute, en totale ébullition, moi. Pourtant je suis loin d'être ménopausée ? Ce soir je mets quelque chose de raffiné, c'est décidé.

En fait, je ne sais pas trop. Je regarde ce que j'ai dans mon armoire : une longue jupe rose à paillettes avec un top bleu canard (Je ne remercie pas Clara pour ce cadeau, à part porter cette tenue pour aller chez *Disneyland*, franchement, je ne vois pas quoi en faire), un tailleur blanc (trop salissant avec ma poisse ambulante), une robe noire (La fameuse petite pièce que toute femme doit absolument avoir dans sa penderie et l'avantage est que ça amincit).

Anthony m'attend pour prendre l'apéritif et plus (ne nous emballons pas, tout cela reste strictement professionnel). Il nous fait servir deux coupes de champagne en me demandant si cela me convient. J'adore, on ferait d'ailleurs mieux de prendre une bouteille, ça doit revenir moins cher, enfin j'émets juste une hypothèse.

Il faut que je garde mon esprit vif, l'alcool a tendance à me faire dire n'importe quoi. Nous décidons de poursuivre autour d'un dîner. Son parcours est tout aussi édifiant que celui de Chris. Je ne pourrais pas avoir les deux pour le prix d'un ?

Je rigole toute seule, mes parents ne comprendraient pas pourquoi je me pointe avec deux mecs chez eux pour Noël. Si déjà je pouvais en trouver un ! Maintenant que je leur ai dit que je ne venais pas seule cette année, je suis attendue au tournant. La prochaine fois je tournerai sept fois ma langue dans ma bouche avant de dire quoi que ce soit.

Nous nous séparons tard dans la soirée, je n'ai pas vu le temps passer. La nuit porte conseil paraît-il. J'y verrai sûrement plus clair demain sur les conseils avisés de ma chère Clara.

Pas gagné tout ça quand j'y pense. Je tourne et retourne dans mon lit, un peu-beaucoup-trop de mal à m'endormir. Pourtant j'ai dû faire plus de dix mille pas aujourd'hui, ce qui est recommandé par les médecins. Malheureusement le sommeil ne vient pas. Ah, ce fichu hamster mental de malheur !

Je programme un peu de musique, j'adore m'endormir en écoutant mes chanteurs préférés, cela me détend. Ensuite, je fais souvent de très beaux rêves. Si beaux que j'ai l'impression de les vivre en « *direct live* ». Et puis je me réveille et je suis… seule dans mon lit, avec mes peluches ! Au moins, elles, elles sont fidèles. C'est sûr, plus tard je finirai avec un, deux, voire trois chats. Cela semble être le lot de bien des femmes seules.

Noël J-5

Au final j'ai dormi comme un bébé. Que cette expression est idiote. En général un bébé ne dort pas. Pour de vrai, j'ai super bien dormi.

Ce matin je débriefe avec ma copine et ensuite je retourne à la librairie pour faire mes emplettes de Noël. J'avoue avoir surtout très envie de retourner voir le gérant.

Je souhaite me faire belle juste pour aller dans cette boutique, vraiment du grand n'importe quoi quand j'y pense ! Et si j'allais chez le coiffeur ? Oh oui, un balayage, une coupe et un brushing.

Je dois vous avouer quelque chose que la plupart des femmes n'est sûrement pas en mesure de comprendre : je déteste aller chez le coiffeur. Pour moi c'est un véritable calvaire et je vous explique pourquoi.

Un balayage est censé durer plus d'une heure, il faut plutôt en compter deux, parfois ça peut aller jusqu'à quatre (si, si, c'est du vécu, j'ai cru mourir ce jour-là). On raconte quoi durant tout ce temps à sa coiffeuse ? La météo ? Thème vite épuisé. Côté boulot, pour moi, c'est le néant. Je n'ai pas d'enfant, donc zéro sujet de discussion. J'écoute de mauvaise grâce ses histoires sentimentales, je devrais me faire payer comme psy. Tout cela me déprime encore plus et je ne suis pas censée sortir dans cet état. C'est plutôt un endroit d'où l'on ressort avec le sourire, à nouvelle coiffure, nouvelle vie. Enfin ça dépend pour qui.

En ce moment je n'ai pas les moyens donc le problème est réglé : je reste focus sur mon objectif d'opération cadeaux. Si seulement on avait choisi l'option Secret Santa ! Cela se fait en Amérique et, comme pour tout, ça arrive en France. Chacun apporte un cadeau dédié à une personne avec un budget limité, ce qui évite d'acheter trente-six mille trucs qui ne servent à rien.

Mes parents n'appréciant pas ces traditions venues d'un autre continent, ils préfèrent tout acheter dès le mois d'octobre, c'est mort de chez mort. Je déteste les traditions et les obligations.

J'aurais pu apporter quelque chose à James afin de le remercier pour le livre, peut-être ? Je vais faire un saut à la boulangerie, histoire de prendre un dessert, ça le fait ou pas ? Non, je vais plutôt acheter des croissants, vu l'heure. Tout le monde aime les croissants en principe. Au beurre ou pas ? Je vais plutôt miser sur des pains au chocolat je crois.

Lorsque j'arrive au magasin il y a déjà énormément de monde, la poisse. Les gens attendent le dernier moment ou quoi ? Moi qui pensais être une exception. Lorsque James me voit il se précipite à ma rencontre et ça me fait super plaisir. Je lui tends les viennoiseries et le temps semble s'arrêter. Oh là là, il me fait un effet de dingue, je me sens sur un petit nuage. Lui continue à me regarder, non mais avec ses yeux couleur océan je vais finir par me noyer dedans.

Un texto me sort de ma rêverie, puis un deuxième, je finis par mettre cet engin de malheur en mode avion. Il va croire que je suis une femme super occupée. Chris et Anthony me demandent une réponse d'ici demain, ils ont d'autres propositions. À croire que beaucoup de femmes ont cette problématique, ça craint, non ?

James me propose un thé ou plus exactement *a cup of tea* avec son petit accent si adorable et me demande ce qui me ferait plaisir. Enfin, non, ça c'est dans mes rêves. Il me demande juste ce que je recherche, il fait son boulot, qu'allez-vous imaginer ? Déjà, un homme, ce serait royal sauf que je doute de trouver cet « objet » dans les rayons.

Des livres. Effectivement dans une librairie cela est assez logique. Il me montre aussi plein de petits cadeaux qui pourraient plaire. Et si je prenais un joli carnet pour ma sœur dans lequel elle pourrait noter ses recettes de cuisine ? Ils en font de sublimes. Il y en a également des spécifiques dédiés aux mots de passe, je n'y crois pas, si on les note et qu'on perd le précieux calepin ou si on se le fait voler ? Quel concept quand-même ! Ce mec est génial en tout cas, grâce à ses conseils je trouve facilement mon bonheur pour ma sœur.

Pour mon frère, et vu le portrait que je lui dépeins, il me conseille de prendre un livre d'un homme politique. Je sais que parler politique est un sujet à éviter, ça aura l'avantage de lui faire de la lecture et tout le monde a la bonne idée de sortir un livre en ce moment. Ce sont des pavés de cinq cents pages. Au pire il s'en servira de cale-porte ou de rehausseur pour sa progéniture dans quelques années !

Reste les enfants. Bon, à bien y réfléchir mon frère a un bébé donc un livre doudou ou pour prendre le bain me semble judicieux. Pour ceux de ma sœur, ils doivent avoir tous deux ans de différence alors je fais un petit calcul et James me conseille des livres qu'ils pourront échanger si cela ne convient pas ou qu'ils les ont déjà. Mon cœur va s'arrêter si les pulsations continuent à ce rythme. Quel sourire, il pourrait être mannequin pour les dentifrices !

Et les parents ? Oh il y a de jolis coffrets, ma mère adore le tricot et le crochet, mon père est un fin œnologue, c'est tout bon !

Mon monde paraît suspendu. En jetant un œil à ma montre je vois que l'on s'approche bientôt de 13 heures. Mon libraire adoré me propose gentiment un déjeuner sur le pouce car il ne peut pas se permettre de fermer la boutique en cette période. Il me laisse seule dans la boutique en prenant soin de mettre un écriteau « Je reviens de suite » et part acheter deux sandwichs. Son vendeur, lui, s'est octroyé une vraie pause et cela me convient parfaitement de me retrouver seule avec James.

Il me dit que nous nous rattraperons ce soir autour d'un bon repas dans un restaurant gastronomique pour se faire pardonner. Pardonner de quoi ? Un sandwich avec lui vaut tout l'or du monde même si je ne suis pas réticente à un petit dîner aux chandelles. Peut-être que j'enjolive un peu, mais que cela fait du bien de rêver.

Je profite de sa courte absence pour réactiver mon téléphone : dix appels manqués de Clara, deux messages de Chris, trois d'Anthony et un de ma mère. Résultat : j'aurais mieux fait de m'abstenir, c'est horrible cette dépendance à un si petit objet. Prévoir une cure de désintoxe. Une chose de plus à noter dans mon carnet, déjà bien entamé.

J'écouterai tout ça après mon repas, pas envie d'entendre ma mère me saboter le moral avant notre petit moment en tête à tête. J'ai soudain la chanson *Love is in the air* de John Paul Young qui tourne en boucle dans mon cerveau. N'importe quoi, moi. On se calme, ma petite Lilly.

Noël J-4

Nous n'avons pas arrêté de parler durant notre repas sur le pouce, je buvais les paroles de mon libraire chouchou et je nous voyais déjà ce soir (pas en haut de l'affiche, mais presque !), lors de notre dîner romantique. Dommage qu'il ait dû se remettre au boulot aussi rapidement. Il m'a expliqué qu'il venait de Londres pour parfaire son français durant quelques années. Il a beaucoup d'idées pour la suite. Il adorerait avoir sa propre librairie et ouvrir également un salon de thé, un endroit sympa et cosy.

Je n'ai pas osé casser l'ambiance en disant que je me retrouve temporairement sans emploi. Officieusement je suis en congé et je travaille comme assistante. Dans quel domaine ? Bonne question. Je déteste mentir. Comme on parle beaucoup d'écologie en ce moment j'ai soudain balancé « dans le domaine de la géothermie ». N'ayant pas fait de latin ni de grec je ne sais pas ce que cela signifie en plus.

Dans quoi me suis-je encore lancée ? Parfois je me mettrais des baffes toute seule. Quelle idée aussi de juger les gens par rapport à ce qu'ils font dans la vie ? C'est agaçant et réducteur je trouve. Dans la vie, chacun tente de faire de son mieux et ce n'est déjà pas si mal.

— Cela doit être passionnant ! s'est-il exclamé.

— Oh, oui, oui (non, non, non je déteste et c'est terminé en plus !).

— Je connais vaguement, vous pourriez m'expliquer plus en détails ?

— Oui, enfin, ce n'est pas si intéressant que cela par rapport à votre métier et je pense sérieusement à une reconversion professionnelle.

— Dans quel domaine, si ce n'est pas indiscret ?

— Je dois encore y réfléchir un peu, mais je suis sur la bonne voie (de garage, oui). Le commerce me tenterait bien.

— Oh, c'est vrai ? L'inconvénient ce sont les horaires, les ouvertures le week-end et certains jours fériés. J'ai d'ailleurs du mal à recruter car les personnes veulent une vie de famille et ce n'est souvent pas compatible.

— Je comprends, mais c'est la liberté aussi.

— Pas forcément.

Il me cloue le bec, je ne sais pas quoi répondre. Maman aurait-elle eu raison de me pousser vers des études qui ne me plaisaient pas ? Le commerce ne serait pas un métier stable ? Laissez-moi mes rêves, je vous en supplie. Je pourrais peut-être travailler comme vendeuse de livres ? En résumé mélanger vie professionnelle et personnelle je ne sais pas si c'est vraiment l'idéal dans les faits.

Je rentre chez moi avec tous mes paquets, je suis trop contente. Je suis encore sur mon petit nuage et apprécierais d'y rester le plus longtemps possible. Comment j'ai grave assuré !

Enfin, j'ai surtout été très bien conseillée aussi. Noël est dans quatre jours, je me félicite, vraiment. J'ai le droit de me détendre avec un petit verre de vin en m'affalant sur mon canapé et en pensant à mon charmant *british*. Dès que je le vois, j'éprouve toujours ces fameux papillons dans le ventre et j'avoue que ça me fait un bien fou.

J'en profite pour rappeler Clara, dix appels en absence, c'est limite du harcèlement. Je rigole, bien sûr.

— Enfin ! Tu faisais quoi, Lilly ?

— J'ai trouvé tous les cadeaux pour Noël.

— C'est la cata !

— Bah non, c'est formidable.

— Je ne te parle pas de ça !

— De quoi tu me parles ?

— Des Escort.

— Quoi, les Escort ?

— Chris a eu un accident.

— Grave ?

— Il est à l'hôpital

— Ah mince. Reste Anthony.

— Tu ne l'as pas recontacté ? Il a prévu d'escorter une autre femme, il part sur une mission de quatre jours à Megève.

C'est pas vrai, je suis maudite ! Noël et sa magie, on repassera, ce n'est pas du tout pour moi. J'ai décidément la poisse. J'ai trouvé deux beaux mecs et il faut que l'un se retrouve à l'hosto et que l'autre me fasse faux bond parce que je n'ai pas réagi assez vite. J'ai envie de pleurer et je n'ai plus de mouchoirs ni d'essuie-tout, reste le papier toilette. Il va être nul ce p… de Noël de m…

Quelle idée d'avoir un accident de moto quand même ! C'est bien trop dangereux cet engin de malheur. Ses parents ne lui ont rien appris ? Chez nous, interdit les deux roues !

Je devrais me montrer compatissante sauf que je n'en ai même plus la force. Sans parler d'Anthony et de Megève, c'est surfait, non ? Il va aller skier aux frais de la princesse, lui, il a flairé le bon filon. Et moi je me retrouve encore et toujours, seule. Il n'est vraiment pas sympa avec moi, seul l'appât du gain semble l'intéresser. Et oui, ma grande, c'est le concept de l'Escort !

J'ai un peu honte, je me rends compte que je suis hyper égoïste et que je ne pense qu'à moi. Peut-être devrais-je aller rendre une visite de courtoisie à Chris, à l'hôpital ? Au secours, je m'emballe alors que je ne l'ai vu qu'une seule fois et qu'il ne peut strictement plus rien pour moi. À moins qu'il connaisse un super pote prêt à prendre sa place ?

Ce comportement est complétement indécent ma pauvre Lilly, reprends-toi ! Et si je disais une semi-vérité à ma famille ? L'homme que je devais leur présenter a eu un accident et ne peut pas m'accompagner ? Pas mal, l'idée ? Connaissant ma mère, j'aurais bien trop peur qu'elle débarque à l'hôpital pour vérifier.

Heureusement que je peux me changer les idées en retrouvant James ce soir. Le restaurant est vraiment joliment décoré avec plein de chandelles, il y a beaucoup de couples, on nous installe dans un endroit calme et on nous apporte du champagne. Nous parlons français, anglais, surtout un anglais de collège pour ma part, mais le vin m'aide à ne pas me sentir trop ridicule.

Arrivée à la fin de la soirée, je ne sais même plus comment je suis rentrée chez moi !

Noël J-3

Rien ne va plus et nous ne sommes même pas au casino. Mal de crâne pas possible ce matin, ma triste réalité me revient en pleine poire : je n'ai plus personne pour m'accompagner et je dois recontacter ma mère. Ce n'est pas ce qui me réjouit le plus. Que va-t-elle m'annoncer ? Je prends le téléphone à contre-cœur.

— Maman ?

— Ah, enfin, je croyais que tu étais morte !

— Non, je suis un peu occupée.

— Comme tout le monde. Pour ma part, je ne m'en sors pas avec les repas, si tu savais ! Je voulais juste te demander une petite chose.

— Oui (je m'attends au pire).

— Ton ami aime les crustacés ?

— Lequel ?

— Où as-tu la tête, ma pauvre chérie ! Ton amoureux, il aime tout ou bien il y a des aliments qu'il ne peut pas manger ?

— Bonne question (Oups, ça m'a échappé !).

— Depuis le temps que vous vous côtoyez, tu dois bien connaître ses goûts ?

La tuile, je n'ai personne, qu'est-ce que j'en sais, moi, de ce que mon futur mec aime comme nourriture ?

— Euh tout lui va, il n'est pas difficile.

— C'est vrai ? Et pour le vin ? Plutôt bourgogne ou bordeaux ?

On va passer tous les plats en revue ou quoi ? Je n'en sais fichtrement rien et c'est le cadet de mes soucis car indiscutablement, je n'ai :

P-E R-S-O-N-N-E.

Mais ça je ne peux pas le dire. Va falloir que je brode et ce n'est pas ma spécialité.

— Il aime tout, je t'assure. Tu vois par rapport à ce que tu proposes comme repas et tu adaptes en fonction.

— Ce n'est pas si simple ma chérie. Si c'est du bourgogne ton père va chez notre charmant caviste qui regorge de choix et est de très bon conseil ; si c'est du bordeaux nous en avons dans notre cave à vins, comme tu t'en doutes.

— C'est suivant ce que tu vas faire comme menu.

— Ah oui, j'oubliais, pour le champagne…

— Maman, tu prends ce que tu veux, il n'est pas difficile (J'ai l'impression de me prendre pour un perroquet).

— Pas comme toi qui préfères le rosé, qui n'est pas du vrai champagne.

Ma mère ne manque jamais de m'envoyer des piques de ce genre depuis des années. Et ce n'est qu'un échauffement la connaissant, qu'est-ce qui va encore me dégringoler dessus le jour de Noël ? Je vais assurément avoir le droit à un « Tu n'aurais pas un peu grossi, toi ? », ça fait toujours plaisir !

Il faut que je raccroche au plus vite parce que je n'ai simplement plus la force de supporter ses réflexions alors que tout s'effondre autour de moi.

Une maman n'est-elle pas en mesure de ressentir les épreuves traversées par ses enfants ? Enfin, si elle avait eu un minimum d'instinct maternel, tout comme elle ne devrait pas faire de différence entre ma sœur, mon frère et moi. C'est plutôt elle qui devrait consulter un psy au lieu d'aller à l'église !

— J'ai un double appel, je vais devoir te laisser, désolée, bisous.

C'est bien pratique cette histoire de double
appel, j'avoue, même si je ne suis pas forcément très
fière de moi face à ma mère qui se démène pour
faire plaisir à mon chéri d'amour qui n'existe pas.
Non, non, non, je ne vais pas encore me remettre à
pleurer, stop Lilly, il y a bien pire dans la vie, tout va
bien.

Dans tous les cas ma mère n'écoute rien et
n'en fait qu'à sa tête, inutile de perdre mon temps et
le sien. Elle a cette capacité à poser des questions
alors qu'au final elle fera comme elle l'avait décidé
au départ. Je ne vois pas l'intérêt de gaspiller inuti-
lement des instants précieux de notre vie avec des
questions aussi futiles.

J'ai le droit d'aimer le champagne rosé, nom
de Dieu ! Servi bien frais, je peux vite me retrouver
pompette par contre. Sauf que je vais avoir droit à
du vrai de vrai, de champagne ! Pour la faire enrager
j'ajouterai du sirop de cassis ou de mûre et je me
prendrai en pleine poire une réflexion du style :
« C'est du gâchis, ce n'est pas du kir tout de
même ! » Effectivement, sauf que c'est ce qui se

rapprochera le plus de la boisson dont je raffole. J'ai bien le droit de me faire plaisir aussi, en ce jour festif.

Et puis tous les goûts sont dans la nature. Je n'ai déjà pas du tout la tête à la fête. Si, en plus, on me prive de mon breuvage préféré, autant mourir de suite. Noël étant maintenant dans trois petits jours seulement, j'ai quand-même honte d'avoir raconté n'importe quoi au sujet des pseudos goûts de l'homme invisible. Gonflant de se prendre la tête, même si cela part d'un bon sentiment.

Noël J-2

Je m'affale devant un téléfilm de Noël. Pourquoi ils en passent autant à la télévision durant cette saison ? J'ai d'ailleurs l'impression qu'ils démarrent de plus en plus tôt dans l'année l'avalanche de ces films romantiques, bien éloignés de la vraie vie. Ce n'est pas Hugh Grant qui va venir sonner à ma porte ! Il faudrait déjà qu'il connaisse mon adresse, en plus.

Je me sens si nulle et inutile. Pas de mec, pas de boulot, je ne vais rien avoir à raconter à mes parents le 25 décembre.

J'ai bien pensé à sauter par la fenêtre, sauf qu'au deuxième étage et avec de la pelouse en bas de chez moi je ne risque pas de mourir, simplement de rester paralysée en devenant un poids pour ma famille tout le reste de ma vie et ça c'est hors de question.

La sonnerie de l'interphone retentit, je n'attends personne, je suis en pyjama lapin avec capuche à grandes oreilles sur la tête, j'ai les yeux rouges et des mouchoirs éparpillés partout qui traînent dans mon logement.

Tout se déroulait tellement bien dans cette romance de Noël. Arrêtez de me faire croire au cinéma, la vraie vie est à mille lieux de ça.

Je me déplace tant bien que mal jusqu'à l'interphone pour découvrir l'intrus. Et si c'était Hugh ? J'ai soudain un regain de vitalité, attrape une brosse à cheveux, un jean et un pull au cas où.

Je n'aperçois que… Clara. Heureusement vu mon état et celui de mon appartement, je crois bien que l'acteur serait reparti en courant.

Je ne me souviens pas que j'avais rendez-vous avec elle ou bien j'ai complètement zappé. En plus d'un carnet j'aurais peut-être également dû investir dans un agenda. Très bon argument pour y retourner au plus vite.

Elle déboule tel un tsunami.

— Allez, miss Lilly, une douche, on s'habille et on va faire du shopping.

— Pas envie, pas de sous.

— C'est moi qui régale, c'est mon cadeau de Noël.

— Et je t'offre quoi, moi, ma Clarinette ?

— Toute ton amitié et elle vaut de l'or. Dépêche-toi, on fait les boutiques, ensuite un bon déjeuner, puis, *last but not least*, j'ai réservé des massages avec de beaux mecs.

— Ne me parle plus de la gent masculine, je t'en supplie.

— Il va pourtant bien falloir t'en dégoter un, ma chérie.

— C'est mort, c'est officiel. À deux jours de Noël, tu veux que je prenne le premier mec que je croise dans la rue ?

— Et pourquoi pas ?

— Pff pas drôle franchement !

— Allez, tu oublies tout pour une journée et on profite un maximum toutes les deux. C'est quand on ne cherche plus de solution qu'elle arrive toute seule.

— Oui, mais à part un miracle…

— On peut y croire, puisque c'est bientôt Noël.

— Et la marmotte elle met le chocolat dans le papier d'alu ?

— Arrête d'être négative !

Ben voyons, je vais réciter quelques prières et un magnifique blond va me tomber dans les bras en faisant du shopping. Si l'on se réfère aux nombreuses statistiques effectuées, les hommes sont allergiques aux boutiques alors ça ne fonctionnera pas.

Je retiens l'idée de prendre le premier inconnu que je croise. Mais cela pourrait se révéler à double tranchant et puis je ne suis pas désespérée à ce point ? Je crois bien que si. Peut-être que Clara va mettre à exécution ce plan diabolique ? La connaissant, elle en est capable.

—Allez, arrête un peu et positive le temps d'une journée, ma jolie Lilly.

—Jolie, jolie, tu as besoin de lunettes, j'ai une tronche à faire mourir quelqu'un d'un arrêt cardiaque.

—Ce n'est pas possible d'avoir une si mauvaise opinion de soi tout le temps, ma chérie. On va se détendre avec les massages et on peut aussi se réserver un soin pour le visage si ça te branche.

—À part changer carrément de visage avec du botox, je doute d'un quelconque effet bénéfique immédiat.

— Ça suffit, maintenant ! Je vais te prendre au mot et te caser avec le premier individu que l'on va croiser !

— Non, pitié, je ferai tout ce que tu voudras, shopping, massage, soin, mais pas de mec ! Je refuse d'en entendre parler durant les dix prochaines années.

Noël J-1

Je dois finalement reconnaître que nous avons passé une journée hors du temps, j'ai tout oublié. N'ayant (comme toutes les femmes) rien à me mettre, Clara m'a dégoté de superbes tenues. Pas de rose cette fois par contre, j'y ai veillé ! Je veux pouvoir porter mes vêtements et ne pas les laisser prendre la poussière.

Le déjeuner s'est révélé délicieux et le massage, oh, je ne vous raconte pas tellement c'était trop bien de se faire masser par un homme. Juste à moi, rien que pour moi, le temps d'une heure et puis… envolée la magie de Noël !

Ce matin, en me réveillant, je vois que j'ai un appel en absence de ma mère, un de ma sœur, un de mon frère et un autre de… James !

Je rappelle qui en premier ? Am stram gram, pique et pique… James, ce serait très tentant, mais je préfère me « débarrasser » de ma mère en premier et garder le meilleur pour la fin, soyons folle.

— Maman ?

— Ah, Lilly, devine quoi ?

— Noël est annulé ?

— Arrête tes bêtises, ton frère et ta sœur m'ont fait la surprise d'arriver aujourd'hui avec mes petits-enfants, je suis la plus comblée des grands-mères ! Il ne manque plus que toi avec tes futurs bébés. Certainement une belle surprise pour l'année prochaine ?

— Sympa, merci. D'une, je n'étais pas au courant de leur surprise et de deux, je ne sais pas si j'ai envie d'en avoir.

— Quoi, tu ne peux pas avoir d'enfants ?

— Ce n'est pas ce que j'ai dit, maman. Une femme a le droit de ne pas en vouloir.

— Ce n'est pas ton cas, rassure-moi ? Ou c'est un problème du côté de ton amoureux : il est stérile, c'est ça ? Oh, ma chérie, je ne serai jamais grand-mère, ce n'est pas possible.

— Arrête, tu l'es déjà à quatre reprises !

— Pas de ton côté.

Je n'ai pas le temps de répondre à de telles inepties que ma sœur s'empare du téléphone et me hurle dans l'oreille :

—Coucou, toi ! Comment tu vas petite sœur ?

—Comme quelqu'un qui tombe des nues par rapport à cette surprise.

—Si je te l'avais dit cela n'aurait plus été une surprise et ça fait trop plaisir à tout le monde !

—Vous débarquez tous chez les parents et moi je reste désespérément seule. Sympa la conception de la famille, comme d'habitude.

—Tu n'es pas seule, puisque tu nous présentes l'heureux élu demain !

—Oui, oui, bien sûr (Je vais aller faire les poubelles pour le trouver celui-là, il doit vraiment bien se cacher). Bon j'ai un double appel, je te laisse.

—Bisous, à demain, les enfants ont hâte de voir leur Tata Lilly !!!

Ouais, bah elle en a ras la casquette la « Tata Lilly ». En plus c'est une grosse nulle de première catégorie car elle n'est pas capable de se souvenir des prénoms et encore moins des âges des mini *boys and girls*. Et ma sœur qui fait sa gentille au téléphone, hallucinant. Je suis dépitée, j'en pleurerais. Mauvaise femme, mauvaise fille, mauvaise tante, mauvaise sœur, mauvaise dans tous les domaines. Je coche toutes les cases. Je suis archi nulle et voudrais me télétransporter n'importe où très loin d'ici.

Quelle idée mes parents ont eu d'avoir trois enfants. Désirés ou pas ? Stop la minute-psy, ce sera pour un autre jour. J'ai mieux à faire pour le moment et me demande bien ce que me veut James un 24 décembre ? J'ai envie de savoir et en même temps je me dis que ce serait trop beau pour être vrai si je lui plaisais. Je me suis peut-être encore une fois emballée, il doit avoir une femme qui l'attend à Londres. D'ailleurs c'est peut-être elle qui s'occupera des pâtisseries de son salon de thé ?

Je n'ai même plus envie de le rappeler. Je vais me visionner un énième petit film de Noël, histoire d'avoir les yeux de lapin albinos demain.
Et si je n'y allais pas, en déclarant subitement une crève carabinée et en m'excusant de ne pas vouloir les contaminer ? Ce serait dommage maintenant que j'ai les cadeaux sauf que… cela pourrait se révéler être une superbe occasion de revoir James !

Dîtes-moi que Noël est annulé cette année, je vous en supplie !

J'allume une bougie senteur monoï, m'agenouille et fais un signe de croix. Je dois couver quelque chose, moi, tout cela ne me ressemble absolument pas. Sauf que je ne sais plus à quoi me raccrocher donc tout est bon.

Noël Jour J

Nous y sommes.

Enfin la télévision et la radio n'arrêtent pas de le répéter en boucle, j'ai terminé mon calendrier de l'Avent hier (pour une fois que je n'ai pas tout englouti en deux jours !) donc j'en déduis que c'est le jour J et que c'est maintenant que tout se joue.

J'ai dû forcer sur l'alcool, moi, je ne me souviens de rien. Me suis endormie sur le canapé, je vais bientôt pouvoir vendre mon lit pour me faire un peu d'argent si ça continue ainsi.

Je vais me préparer un bon thé de… Noël. Rien qu'à cette idée les larmes arrivent. J'adore le thé, j'en ai plein de très bons, je vais arrêter de focaliser sur cette date du 25 décembre (qui revient en plus tous les ans).

Je mets en charge mon smartphone et le rallume : vingt appels en absence de mon père, cinq de ma sœur, trois de mon frère, deux de James et un de Clara.

Je vais commencer par cette dernière, c'est ma *best friend forever* (meilleure amie pour toujours) donc je ne devrais pas être déçue.

Lorsque j'écoute son message la musique de *Jingle Bells* retentit et me casse véritablement les oreilles. Elle hurle dans le combiné « Joyeuse surprise ma chérie, profite bien de ta journée, je t'aimeeeee ma Lilly d'amour !!!! ».

D'accord, d'accord, elle ne doit pas carburer qu'au café. Joyeuse surprise ? Nous ne vivons définitivement pas sur la même planète car aucune surprise en vue pour ma part. Elle s'est peut-être trompée de numéro et de prénom ? La connaissant, ce serait tout à fait plausible. Elle a cru laisser à message à quelqu'un d'autre, je ne vois pas d'autre explication.

Je continue avec mon frère, le message est court, je n'ai rien compris donc j'enchaîne avec ma sœur. Pas mieux, j'entends des hurlements derrière elle. Qu'est-ce qu'ils ont tous aujourd'hui ?

Je vais appeler mon père, bizarre que ma mère ne se soit pas manifestée pour me rappeler d'être surtout bien à l'heure, ni en avance, ni en retard, l'heure c'est l'heure ! Elle est tellement psychorigide.

Tout est planifié, il faut arriver à douze heures pétantes, je ne sais pas comment fait mon père pour supporter cela depuis autant d'années.

Et elle se comporte de la même manière pour tout. Il faut utiliser le torchon blanc pour les verres fragiles, le bleu canard pour essuyer les assiettes ordinaires et le jaune pour la porcelaine puis s'essuyer les mains avec le rouge sinon les remarques fusent. Franchement, pour ma part, je m'en fiche royalement, j'utilise ce qui me tombe sous la main.

Ma sœur a tendance à reproduire le même schéma, pas simple avec des enfants à mon avis. Quant à mon frère, aucune idée, c'est sûrement sa femme qui doit gérer. J'avoue que je n'ai jamais trop eu l'occasion d'en discuter car nous n'avons pas beaucoup d'atomes crochus.

Lorsque mon père décroche, il a une voix d'outre-tombe…

Que se passe-t-il chez eux, qu'ont-ils fait depuis hier ? Je suis toujours la dernière roue du carrosse, moi !

— Oh, ma Lilly, je suis content de t'entendre, surtout ne vient pas.

— Charmant. Joyeux Noël à toi aussi !

— Mais non, tu te trompes complètement, on ne veut pas te contaminer ! On est tous malades, c'est l'enfer. Reste avec ton amoureux. On a dû manger quelque chose de pas frais ou ce sont les enfants qui avaient un virus, je ne sais pas, c'est un vrai calvaire. Heureusement que nous sommes équipés de plusieurs *water closet* et de bassines.

— Ne m'en dis pas plus, bon courage à vous tous. Tu es vraiment certain de ne pas vouloir que je vienne vous réconforter ?

— Non, ma chérie, j'ai été médecin et c'est trop contagieux. On t'embrasse et on remettra les festivités à plus tard. Ta mère est couchée et n'a jamais passé autant de temps au lit. Au revoir et joyeux Noël, ma fille que j'aime.

Comme ça tout est réglé. Je n'ai rien à manger, nous sommes un jour férié, en plus les programmes télévisuels sont complètement débiles. Génial.

Joyeux Noël à moi.

Mon téléphone se met à sonner, je reconnais de suite la sonnerie que j'ai attribuée à… la douce voix de mon libraire préféré. Je manque m'évanouir et m'assois sur mon canapé. Non, non, je ne vous parlerai pas de ma tenue actuelle.

— Joyeux Noël, Lilly.

— Oh, c'est gentil, merci James.

— Cela te dirait de fêter Noël tous les deux ?
Enfin, si tu es disponible évidemment.

Je reste sans voix. Quel amour ! Je me contiens pour ne pas entamer une danse de la joie

C'était donc ça, la fameuse surprise de ma
Clara qui a dû tout manigancer dans mon dos encore une fois ? Je ne sais pas comment elle fait. Je
voudrais être elle, dans une autre vie.

Je me pomponne, en résumé, je sors quasiment toute ma garde-robe de mes armoires et je
jette ensuite tout sur mon lit. Robe, jupe ou pantalon ? Robe, évidemment, Lilly, quelle question ! Je
vais enfin étrenner les achats faits avec Clara et enfiler une superbe tenue, mettre des collants et des
petits talons histoire de ne pas me casser la figure, le
timing serait mauvais.

James m'a donné rendez-vous à la librairie. Si
ce n'est pas romantique… Mais il habite où, en fait ?
Je n'en sais rien du tout, peut-être au-dessus de son
commerce… Je le découvrirai probablement bientôt. Je suis excitée comme une puce et j'ai des papillons dans le ventre.

Lorsque j'arrive, il a tout préparé, on se croirait dans un conte de Noël. Une jolie table est dressée avec plein de bonnes choses à déguster et de quoi étancher ma soif. Au fait, j'y pense : je n'ai pas de cadeau à lui offrir. Au secours, dites-moi que…

James s'approche tout doucement de moi, me débarrasse de mon manteau et de mon écharpe, les pose sur le porte-manteau, m'embrasse tendrement dans le cou.

Il me tend ensuite une coupe de champagne rosé et s'approche de moi pour me souhaiter un joyeux Noël.

Je vois des étoiles partout. Cela doit être à cause des petites guirlandes électriques qu'il a installées dans la boutique…

J'aperçois au loin un superbe canapé, il ne me semblait pas l'avoir vu auparavant.

Je sens que j'ai trouvé mon cadeau ! Je suis toute à lui en ce jour et les suivants s'il le souhaite.

Vive Noël !

Note de l'auteure

L'idée d'une petite nouvelle sur Noël a germé pour un recueil auquel j'ai participé durant l'année 2023 avec un nombre de mots imposés. Je me suis tellement amusée à l'écrire que j'ai voulu la développer pour en faire une un peu plus longue.

Il s'agit de ma première comédie de Noël et pas la dernière, je le souhaite. Il en existe beaucoup qui sortent dès le mois d'octobre, mais j'ose espérer qu'elle vous aura permis de passer un bon moment.

Cette période de l'année n'est pas toujours simple, ni toujours une fête suivant la famille que l'on a et l'on ne choisit pas sa famille, comme le dit si bien Lilly.

J'ai tenté d'aborder ce thème avec beaucoup d'humour et je souhaite vous avoir embarqué avec mon héroïne.

À vous qui venez de refermer ce livre, je vous souhaite le meilleur, que vous soyez seul(e) ou accompagné(e) et je vous embrasse de tout mon cœur.

N'hésitez pas à me faire un petit retour sur les réseaux sociaux, sur les sites de lecture… j'aime voir vos commentaires étoilés qui me font briller les yeux et le cœur, si vous saviez !

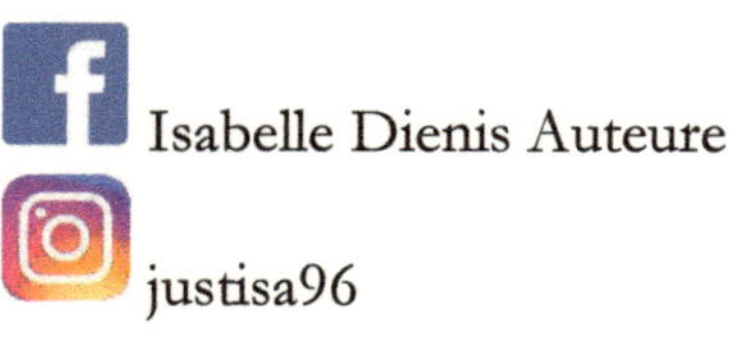

Isabelle DIENIS

Débarquez moi...
ou je fais un malheur !

Un roman aussi drôle qu'inspirant qui nous rappelle que
tous nos rêves sont possibles, dès lors que nous nous
autorisons à les réaliser ! Isabelle Diénis en est d'ailleurs
la plus belle preuve : elle accomplit son rêve et le
concrétise par une entrée remarquable dans l'univers des
romans initiatiques.
Marilyse Trécourt

Isabelle DIENIS

Aimez-moi...
ou je fais un malheur !

La suite de
Débarquez-moi... ou je fais un malheur !